Manfred Eichhorn
Der Schwäbische Nikolaus

Manfred Eichhorn

# Der Schwäbische Nikolaus

Eine Legende von der Alb
Mit Zeichnungen von Uli Gleis

Silberburg-Verlag

Für alle, die Mundart nicht nur lesen, sondern auch hören möchten, gibt es im Buch- und Schallplattenhandel die CD »**Der Schwäbische Nikolaus**« (ISBN 3-87407-262-2). Manfred Eichhorn trägt darauf den Text dieses Buches vor; himmlische Musikanten spielen und singen die Lieder.

Als Buch und als CD liegt von Manfred Eichhorn außerdem vor: »**Die Schwäbische Weihnacht**« (Buch: ISBN 3-87407-218-5; CD: ISBN 3-87407-233-9)

1 2 3 4 5 01 00 99 98 97


Druck: Freiburger Graphische Betriebe, Freiburg i. Br.
Printed in Germany.

ISBN 3-87407-261-4

# Kleines Vorwort

Der Schwäbische Nikolaus ist zunächst ein *Lesestück,* das sich in der Adventszeit trefflich dazu eignet, im Familien- oder Freundeskreis vorgelesen zu werden.
Durch das ineinandergreifende Zusammenspiel von Text und Musik, das durch passende Geräuschmomente ergänzt werden kann, ist der Schwäbische Nikolaus auch ein *Hörstück.* Das beweist die gleichzeitig mit dem Buch erscheinende CD.
Als *Bühnenstück,* in Kostümen und Kulissen, kann der Schwäbische Nikolaus zum abendfüllenden Theaterstück avancieren.
Hier muß auch nicht strikt die Form des Monologs eingehalten werden. Einzelne Textpassagen könnten durchaus von helfenden Engeln oder einem Knecht Ruprecht übernommen werden. Die Weisung des Chefs (erste vier Zeilen) könnte aus dem Off erfolgen. Um der dramaturgischen Phantasie keine Grenzen zu setzen, sind die »Regieanweisungen« bewußt spärlich gehalten.

*M. E.*

# 1. Teil

*Der Schwäbische Nikolaus beim Vorbereiten seiner Tour. Er packt Päckchen, verstaut die Geschenke in einem Sack, richtet dabei auch sein Häs etwas her und sortiert allerhand Papiere. Er versucht, seinen verbogenen Bischofsstab wieder gerade zu biegen. Er ist alles andere als guter Laune:*

Niklaus, es isch an dr Zeit!
Onsere Viecher wärad soweit;
a'gschirrt send se ond eingespannt,
de nächst Route isch dir ja bekannt.

So hot er gschwätzt, mei Chef,
morgens om halb neine,
ond schriftlich dronder, als Betreff,
bassat auf, jetzt kommt des Gemeine,

hot er gsetzt: In meinem göttlichen Haus
dienst du fortan als Alb-Niklaus.
Welche Ehre! han i g'loga
ond drbei mein Stab verboga.

Niklaus auf dr Schwäbischa Alb,
des isch a Aufstieg, han i denkt,
vor lauter Fraid an Schnaps eigschenkt,
oder warad's anderthalb?

's isch gleich, dr Chef hot's g'merkt:
Hosch de a bißle gstärkt?
hot er g'frogt ond mild gelacht,
mir mei Aufgab schmackhaft gmacht:

Pack voll da Ranza, voll da Schlitta!
Nauf auf da Bock ond vorwärts g'ritta!
Prüf no amol da Hufbeschlag,
dann ab mit dir, 's isch Niklaustag.

Des war vor guad dreihondert Johr,
i woiß es no wie heit,
d'Engel hend Exzelsior
gsonga mir zum Geleit.

Drbei han i wohl d'Nas naufzoga
ond bruddelt, daß mr's bißle stenkt.
Hosch für ond wider mitnand g'woga?
frogt er, alles no amol bedenkt?

Es sind doch die Dinge, die wir lieben,
hot er gmoint, ond mir d'Alb beschrieben:

Stoinige Äcker, wendige Ecka,
kurzgrupftes Gras auf staubtrockene Flecka
ond zwischadren veroinzelte Föhra;

schüchtern dent se, als dädat se störa
zwischa Wacholder ond Essigrosa,
do ka dr Wend dann no so blosa,
da Thymian riechsch überall,
Mehlbeerla fendasch von Fall zu Fall.
Was also, frogt er, macht dir Kommer?

Du beschreibsch mr d'Alb em Sommer!
Inzwischa hot's dr Schnee verdeckt,
a jedes Grashälme versteckt!
Koine Badenka als liebliche Griaß,
bloß klamme Fenger ond frostkalte Fiaß!

Kalkbrocka glatt ond hart
ond auf de Wiesamatta zart
de erschte Flöckla neier Schnee.
Auf jedam Wegle, jeder Allee
wird d'Welt om a baar Nota leiser.

I werr om die Zeit höchstens heiser,
krieg Huschta ond an mords Katarrh.

Ob i scho en Urach war?
frogt me so a nasaweiser,
kloiner Engel-Hosascheißer.
Wenn net, noch kasch ja en de Therma
dei roda Nas a bißle wärma.

Mensch, do ben i narrad werra,
ond dädat Engel net glei plärra,
noch hädd am zoigt mei Niklauslarve.

Do wär dr Engel mitsamt Harfe
buchstäblich aus alle Wolka gfalla.

Als dät sich a G'witter zammaballa,
hädd am zoigt, wo's da Moscht heier gibt!
Doch war dr Weg zum Stall no net gschippt,
ond Päckla warad no net packt,
drom han i dem Engale bloß no gsagt:

Du woisch, lieber Engel, es isch bei ons Sitt',
auf d'Alb nemmt dr Niklaus a Engale mit.

Do hot er seine Flügel gnomma,
schnell an Spruch gsagt, an ganz fromma,
ond isch wie dr Wend, o'gloga,
z'rück auf sei klois Wölkle g'floga.

Seither fehlt von ihm jede Spur.
I vermiß en net, denk mr nur:

's isch scho a oigens Völkle:
Hauptsach, a oigens Wölkle.
Hauptsach, a Gsälz em Häfele,
a oigens Kehrwoch-Däfale.
Ond an Vetter, mit dem ma was g'wennt,
der da Herrgott persönlich kennt!

A Verwandtschaft also ohne Mängel
isch 's Höchste fir an Schwoba-Engel!
Bloß senga ond danza
ond mit vierzig an Ranza!

Doch dr himmlischa Ordnung zum G'falla,
sengad s' wie d'Nachtigalla.
Spielat auf mit Flöt' ond Gitarre,
wie se's glernt hend en dr Pfarre,

nach himmlischer Weise, göttlichem Sinn,
strebat se so zur Vollendung hin.

*Die musizierenden Engel nähern sich langsam.*

Doch ihr kennat se glei selber loba,
i glaub, sie kommat grad zum Proba.

*Die musizierenden Engel singen und spielen:*

# Schwoba-Engel

Lauft dir über d'Leber mol a Laus,
wenn mir kommat, dann nemmt se reißaus,
nemmt da Huat, bis aufs Bluat
ärgert se sich, des duat guat.
Doch gibt's irgendwo a Frömmelei,
send mir Schwoba-Engel mit drbei.
Traulich, traulich ins Brevier
vertieft lobpreisen wir,
bis uns packt ein neuer Takt,
denn dann singen wir:

Denksch du dir: Ab jetzt, do goht nix mehr,
kommat mir als Lichtle glei drher.
Saus ond Braus, ei dr Daus,
Trübsal, blos dei Lämple aus!
Doch gibt's irgendwo a Frömmelei,
send mir Schwoba-Engel mit drbei.
Traulich, traulich ins Brevier
vertieft lobpreisen wir,
bis uns packt ein neuer Takt,
denn dann singen wir:

Ja, mir Schwoba-Engel send bekannt,
send bekannt bei alt ond jung em Land,
spielat auf, tanzad auf,
Schwoba-Engel send guad drauf!
Doch gibt's irgendwo a Frömmelei
send mir Schwoba-Engel mit drbei.

SCHWABEN
ALBKRE

# 2. Teil

*In einen Atlas vertieft, studiert der Alb-Niklaus seine Route. Nebenbei blättert er Wunschzettel durch.*

Nach Laichinga ond Spaichinga!
Nach Allmadinga, Munderkinga!
Herrgott, des gibt a Ochsatour!
Ond nochher, bei dr Inventur,

i däts bei meinem Bart verwetta,
kriegt onser Buchhalter Manschetta.
Ond mi ruft dr Herrgott, weil er denkt,
i hädd scho wieder viel zviel gschenkt.

Trotzdem musch nach Beininga
und henderher nach Zaininga.
Freilich auf da Drackastoi
ond vorher kurz nach Westerhoi.

Bloß koi Dörfle übersprenga!
Überall a Gschenkle brenga!
An jeder Milchkann oimol halda,
trotzdem alles recht verwalda,

daß koiner zviel kriegt, koiner zwenig
ond plötzlich dostoht wie Schellkönig
en ma Blättle voller Herza.
Leicht kasch dei Sympathie verscherza,

denn gleich, ob sui, ob seller,
es stellt da Niklausteller
a jedes vor sei Tür,
ond wartad mit Begier

auf des, was rauskommt aus am Sack,
den i vom Schlitta, huckepack,
en so manches Häusle lupf,
bevor i mir mei Bärtle zupf,

en aller Ruah, aus himmlischer Höh
ra auf mei Alb guck ond sag: 's war ao schö!

Doch zerscht muß i nach Gammertinga,
nach Heidaheim ond Trochtelfinga!
Auf jeden Fall nach Eislinga
ond obedengt nach Geislinga!

D Schwäbischa Albstroß bis Neresheim,
nach Bartholomä, Schloß Hellenstein,
Aalen, Gingen, Dettinga,
Sontheim, Hütten, Hettinga.

Ond überall da Sack aufbenda,
ebbes do lau, schnell verschwenda,
denn allein mit am göttlicha Sega
(behaupted zumindest meine Kollega)

macht ao dr Hemmel koin Staat.
Manche werrad rabiat,
oder schleimat: 's wär fei stark,
so a Gschenk fir hondert Mark ...
A andrer moint gar, 's wär am lieber,
es wär no a baar Märkla drieber.

Solche Wensch, die dent oim wohl!
Wie hoißt des Sprichwort no amol:
Bescheidenheit isch eine Zier,
doch sie fehlt en meim Revier!

Zumindest isch se äußerst selda,
so selda wie die sieba Keltra
auf am Platz en Metzinga;
so selda wie nach Setzinga

dr Papst kommt oder d'Queen
mit Hofstaat, en ma Hermelin.
Wie hoißt's: Nach oba koine Grenza,
schließlich hend mr Referenza,

ond's mindeste, dät i mol saga,
wär a gebrauchter Tourawaga,
ond fir da Sommer wär halt schee
an Zwoisitzer als Cabriolet!

Dät i wirklich so was brenga,
i käm net mol bis Hundersinga.
Wär auf der Teck mei Sack no schwer,
en Reitlinga wär er scho leer.

Trotzdem musch nach Langenau,
nach Erpfinga ond Bremelau!
Freilich gschwend nach Melchinga,
nach Unter-/Oberelchinga!

Ond des trotz Kürzung vom Budget!
Na ja, de Reiche duats net weh,
die müssat da Gürtel net enger schnalla,
die hend an ander Leits Armut an Gfalla

ond lachat über mei Präsent:
Legs vor d'Tür na, zoig de gschwend,
daß alle wissat, apropos,
schreisch dreimol kräftig Horrido!
Ond dann pfia Gott bis nächstes Johr!

Des fällt nemme en mei Resort,
sag i, mit engelsanfter Zunge,
ond ben grad scho auf dem Sprunge,
do grinst so a Grasdackel ond höhnt:
So wärad se's vom Fernseh gwöhnt.

Vor so ra Kundschaft dät i mi gern drucka.
Du kannsch dir dein Niklaus em Fernseh a'gucka –
hädd am gern gsagt –, denn wird dir der z'domm,
noch schaltasch halt om.

Trotzdem musch nach Bermaringa,
nach Hürben ond nach Hermertinga!
Gschwend nach Bitz ond Ehrastoi,
nach Ebnat ond nach Oberhoi!

Kaum war mei Wut a weng verraucht,
sprengt d'Buchhaltung mir hendadrei:
Mir hend en Stuergert soviel braucht,
des hollsch du auf dr Alb doch rei!?

Ja, freilich, Nuß und Mandelkern,
des duats fir d'Älblerkender gern.
Ond Äpfel, saga mr a Pfond,
d'Hauptsache isch doch, ma isch gsond!

Trotzdem sottsch nach Kusterdinga,
nach Arnegg ond nach Tomerdinga!
Vorher gschwend nach Häringa
ond henderher nach Zäringa!

Ond net bloß zu de arme Leit.
Alb-Niklaus, du woisch Bescheid!
krieg i zudem no von oba Kritik.
Ja, ja, vom himmlischa Kucha a Stück
kriegt jeder, i woiß, doch zum Glück
ben i dr Verdoiler in meim Bezirk,
so daß i auf himmlische Weise bewirk,
daß i fir's allerärmste Kend
no ebbes en meim Rucksack fend.

*Der Alb-Niklaus gießt sich ein Gläschen Schnaps ein.*

Des isch mir bei allem Unmut an Trost,
drauf denk i a Schnäpsle, also prost!

*Er trinkt, blättert dann die Wunschzettel durch.*

Vom Kiesatal bis zum Randecker Maar:
Brave Kender werrad net rar.
Bloß mit de Alde brauchsch viel Geduld,
bei allem send emmer de andere schuld.
Ob ledig, verheiradat oder g'schieda,
mit koim Zustand isch ma z'frieda.
Hot ma niemand, goht's oim schlecht,
hot ma oin, isch's ao net recht.
Fehlt se dir, kriegsch deine Zweifel,
isch se do, wünscht se zum Deifel.

*Sehr ungehalten blättert er weiter.*

Krieg i so an Wunsch en d'Händ,
i ben drfür net kompetent,
wird d'Annahme oifach verweigert,
denn wer en solche Wünsch sich steigert,

bei dem duat's Wichtigste net stemma:
Liebe hoißt geba ond net nemma!
Also wird er ignoriert,
der Wunsch, ond ausprobiert
(schließlich ben i ja vom Fach),
ob i mit ra nedda Sach
d'Alb-Leit net ao zfrieda stell
bei ma Bsuach. Ganz offiziell,

mit Rentier und Gebimmel,
steig i ra vom Himmel,
mach jedem mit ebbes anderm a Fraid,
ond treff i's mol net, duats mr leid.

Des isch de ganz Philosophie!
Ja, ja, i woiß scho, irgendwie
goht alles glei ens Geld!
Ond wär ich hier net angestellt

als Alb-Niklaus, als williger,
es käm auf d'Dauer billiger
fir onsern himmlischa Lada,
i sag's eich, s'dät net schada,

ma lies die ganza Schenkerei!
I moin, es wär doch nix drbei,

wenn ma eh alles hot, wär's doch gscheit
ond s' gäb wesentlich weniger Neid:
An göttlicha Sega an jeda Adreß,
noch hädd i koin Weihnachtsstreß!

*Der Alb-Niklaus zieht einen vergilbten Wunschzettel hervor, will ihn vorlesen.*

Doch leihat mir gschwend eier Ohr,
den Wunschzettel les i eich vor:

*Er liest:*

Niklaus, i dät mir was wenscha,
fir mei Oma a baar warme Hendscha.
Fir mein Vadder ebbes zum Lesa,
fir mei Mudder Schaufel ond Besa,
fir da Karle a Spiel, ihm isch so oft fad,

ond i hädd di gern aus Schoklad.
Mir warad drfür ao 's ganze Johr fleißig.
Es grüßt dich dein Klärle aus Urach, im Dezember 1836.

Ab ond zua solche Wensch no höra,
mi dät auf dr ganza Alb nix mehr störa.

Do ging i gern nach Burladinga,
nach Neufra ond nach Hundersinga,
nach Stubersheim ond Königsbronn!
I briecht auf am ganza Weg koi Sonn!

Mi dädat eire Herza wärma;
die ganze Welt könnt om mi lärma.
Jeder könnt schreia, wie er will,
en mir wär's still.

En mir dät's net brodla,
ond i dät net bruddla;
mit jedam Hond doilt i gern meine Kuttla.
I dät nix anders als d'Schöpfung loba!

*Die musizierenden Engel erscheinen.*

Jetzt kommat doch die Engel scho wieder zum Proba.
Ach, solang hau i mir zwoi Oier en d'Pfann
ond brüh mir an Tee auf fir d'Thermoskann.

Also, bis dann.

*Die musizierenden Engel singen und spielen:*

# Morga kommt dr Alb-Niklaus

Brengt er mir an Zottelbär, dann sag i: I will no mehr!
A netts Häusle, Grunderwerb, ond i mecht, bevor i sterb,
endlich mol Las Vegas seah, en Rom ben i bis heit net gwea.

Pfandbrief wärad ao net schlecht, a Erbschaft, die käm jetzt grad recht.
Ond i mecht amol aufs Meer mit ma Dampfer kreuz ond quer
von Kapstadt bis nach Helgoland mit ma Haufa Proviant.

Armroif mit ma Diamant wär als Schmuckstück interessant,
goldane Serviettahalter ond aus Porzellan da Schalter,
wo ma 's Licht zum Keller macht, aus dem dr Wei entgegalacht.

Alb-Niklaus, wie du mi kennsch, han i doch ganz andre Wensch:
gsonde Fiaß ond alle Tag morgens auf, weil i's so mag,
werktags brav ond sonntags fromm ond meine Kender om mi rom.

# 3. Teil

*Der Alb-Niklaus macht sich einige Notizen.*

En Bad Urach, wie jedes Jahr,
bescher i's Schäferkönigspaar.

Von do na goht's durchs Lautertal,
d'Hausere vom Pfarrer wenscht sich an Schal.

Ging i übrigens nach am Alphabet,
wär Aala zerscht dra, des wär bleed,
denn dann käm Albstadt, Zollernkreis,
früher Ebinga, Tailfinga, wie jeder weiß,

Balinga dann wär wieder gschickt,
doch Blaubeira drnoch wär etwas verzwickt.
Ganz zum Schluß käm erscht Zwiefalta,
Ulm müßt ma drzwischa schalta,

de ganze Bäder müßt i überspringa:
Ditzabach, Urach, Überkinga ...
des Alphabet brengt mi net weiter.
Deshalb glaub i, es isch gscheiter,

i mach's des Johr wie eh ond je,
jag meine Rentier durch da Schnee,
du eahne d'Route en d'Ohra flüstra,
die blähad kurz drauf ihre Nüstra

ond fangad a zum sprenga –
schnurstracks nach Gomadenga!
Do hend se's letscht Johr nämlich gsonga:
Es isch uns heut ein *Roß* entspronga!

Vielleicht stoht's jetzt wieder em Stall.
Du kannsch oifach net überall
gleichzeitig sei ond b'schera,
ma müßt grad s'Personal vermehra.

I sag, nach ois kommt zwoi.
Zerscht brauchsch a Henn, denn's Oi
kommt dann von selber,
ond ohne Kuh gibt's koine Kälber.

Dettinga sott i net wieder vergessa,
en Balladorf eventuell Mittag essa.
Dann auf da Stuifa, auf da Staufa,
drnoch a halba Stond verschnaufa,

denn ungeduldig wartad d'Teck,
rührt sich koi Fetzale vom Fleck,
kommt koi Schrittle mir entgega,
ragt übers Ländle überlega:

Wer isch dr schönste Berg im Land?
frogt se. Der isch mir guad bekannt,

sag i, die Achalm, über Reitlenga!
(Do muß i ao no schnell was brenga)

Die Teck bleibt drvo unberührt.
Obwohl, es hot se scho scheniert,
wie hot dr Hölderlin über se gschrieba,
es isch mir doch em Gedächtnis blieba:
Wahrlich ein Gott, ein Gott hat dieses Gebirge erschaffa!
Do laust es koin Affa,
wenn i eitlen Unmut dua wecka!
Also weiter, i muß jetzt mei Route stecka:

Veringenstadt bis Sigmarenga,
Friedinga könnt i no onderbrenga,
ond i denk, en Schwäbisch Gmend
wartad ao a jedes Kend

auf Lebkucha ond Marzipan
ond auf Weinlands Rulaman.
Von do dann weiter nach Eislinga
über Weißastoi nach Geislinga
oder vorher, s'dät net schada,
a kloina Abfahrt nach Holzmada.

Breng dene Kender a Gsellschaftsspiel,
denn außer Fossilia gibt's do net viel,
*Mensch ärger dich* also ond *fang den Hut!*
Für de Ältre a Buch von dr Wildermuth.

Denn später, in Geislinga auf dr Steige,
goht mei Geduld meistens zur Neige.

Ond will i en Sankt Johann a bißle verweila,
hoißt's glei wieder: Niklaus, du muasch de beeila,
denn d'Herrschaft vom Schloß Lichtastoi
weilet fir an Moment drhoi!

Also noch goht's nach Blaubeira glei,
es hoißt, do leit a Klötzle Blei,
nach Mörike. Ond d'schöne Lau,
die sitzt em Blautopf, ganz genau

em allerhenderschta Wenkel,
sitzt se do ohne Fiaß ond Schenkel
ganz heidnisch, ohne Kruzifix,
denn es isch a Wassernix.

Über Laichinga noch Römerstei,
en jedem Nest a Albverei,
ond überall musch de blicka lassa:
Vereinstreue loba, Statuten erfassa!

Koi Aufwand isch am Albverei z'deier,
a jeda Sektion macht a Niklausfeier,
mit Vorstand ond Grußwort, Vereinsnodla stecka.
Kaffee ond Kucha, Soita ond Wecka
werrad verdoilt, ond Stille Nacht gsonga.

I ben zu der Erkenntnis komma:
Wohnat ema Dörfle mehr als drei,
gründat se an Albverei.

En Nördlinga lauf i ständig em Krois
ond en Heidaheim, soviel i woiß,

isch ständig a Baustell, sogar em Wender.
Herrgott, bescherat doch eire Kender

mit Tiefgaraga ond Eibahnstroßa!
Do wird eich dr Jericho ebbes blosa,
wenn ihr's erlebat, 's jüngste Gericht.
Drom sag i's eich offa ond midda en's Gsicht:
Dr Herrgott hot eich d'Erde bloß glieha,
ond will er se selber mol wieder bezieha,
will er alle Pflanza ond Viecher no drauf.
Also passat halt a weng auf se auf!

Kirchheim/Teck ond Giengen/Brenz,
i schieb gwieß koin ruhiga Lenz.
Doch en Ulm, om Ulm, om Ulm rom
wird mir die Gschicht doch langsam z'domm:

Denn Ulm, so dät i jetzt mol saga,
g'hört grad aso zu Oberschwaba;
selbst Bayern hot scho a Stück em Visier.
Doch an wem bleibt Ulm hänga? An mir!

Bindertanz ond Fischerstecha,
Hockete bis zum Erbrecha,
Nabada bis zum Versaufa,
d'Hauptsach isch, ma muß net laufa!

Kaum isch Ulm fertig, bereitat Aala
mir manchmal rechte Höllaquala!
Wenigstens gibt's koine Schlösser.
En Bopfinga isch's ao net besser.

Herrgott, was han i denn verbrocha,
erspar mir doch wenigstens Oberkocha!
Wo da nagucksch: Industrie,
aber halt, glei vis-à-vis
am Volkmarsberg,
weit weg vom Karle Zeiss seim Werk,
stoht a Wachholderheide
jetzt im winterlichen Kleide.
Ohne dia dät mir was fehla,
drom muß i eich die Gschicht vrzähla:
Von dr Alb, do komm i ra ...

*Die musizierenden Engel erscheinen.*

... doch jetzt send erst mol d'Engel dra!

*Die musizierenden Engel singen und spielen:*

# Morga, Kender, wird's was geba

D'Muader glei en aller Frühe
butzt ond schrubbt, nemmt's G'flügel aus.
Jeder gibt sich bsonders Mühe,
ond dr Vadder nemmt reißaus,
kauft an Christbaum, wie sich's khert,
denn om siebne wird beschert.

Doch der Kauf will net recht glücka,
's sterrigst Bäumle sucht er aus.
Duats drhoim dann festlich schmücka.
Koi Lametta isch em Haus!
schempft er los, daß's jeder hört,
denn om siebne wird beschert.

Soll i etwa ois stibitza?!
brüllt er los, rennt aus am Haus.
Kommt er hoim, hot er oin sitza,
goht ens Bett ond schloft sich aus.
D'Oma bruddelt: Unerhört!
Denn om siebne wird beschert.

D'Bretla essa mr erst morga!
D'Muader sagt's, dr Opa flucht:
Moisch, mei Maga wird verdorba,
wenn ma ois scho heit versucht?!
D'Bretlasdos bleibt unversehrt,
denn om siebne wird beschert.

's letschte Türle vom Kalender
isch scho seit heit morga auf.
Draußa schneit's, denn es isch Wender,
's Christkend kommt, ma wartad drauf.
D'Muader schnell no Trepp nakehrt,
denn om siebne wird beschert.

# 4. Teil

*Der Alb-Niklaus »blickt« zu seinen Kollegen ins Revier.*

In Waiblingens Adern fließt edelstes Blut,
vor allem duat oim dr Pflaumawei guad.
So hot er tönt, dr Herr Kollege,
der Stuergert ond Omgebung macht.
I komm dr scho net ens Gehege,
han am gsagt, ond drbei g'lacht
ond ihn beruhigt, er dät glaub spenna:
Koi Sau will dir dei Stuergert nemma!

Seit i hier als Niklaus wirk,
hend mrs aufdoilt en Bezirk:
Großraum Stuttgart, Oberschwaba,
Hohenlohe, Freiburg-Bada,
freilich d'Alb, dann Grenzgebiet,
und es gibt zum Unterschied
zur freie Wirtschaft koine Klaga,
denn bloß dr Herrgott hot des Saga.
Doch wie es isch onder Kollega,
oin kasch net leida, oin duasch net möga,

ond mancher Niklaus, zum Verdruß,
isch kollegial gseah a harte Nuß!

D'Landeshaupstadt isch mei Revier,
Cannstatt ond Esslinga. Wega mir!
I ben dr net neidisch, sag i drauf,
Stäpfala klettra, nonder ond nauf.
Oin Fuß em Fettnapf, dr Arsch en dr Nessel,
ond d'Stuergerter hockat en ihrem Kessel
ema honoriga Säftle gegart.
I sag: Gottseidank! bleibt mir Stuergert erspart.

Dr Landesvater wird von mir b'schert;
früher alles, was zum Adel hot g'hert.
Heit halt dr OB no ond Landtagskender.
I sag, do woisch net, wer isch mender,
denn so wie dr Herr
isch ao s'Gscherr!
Ond bloß wega dene Amtsvorsteher,
trechsch du dei Näs a Stockwerk höher?
Ja, danz doch rom oms goldene Kalb!
I ben grad froh über mei stoiniga Alb!
Do hot er g'schluckt,
ond hädd am liebsta Galle gspuckt;
doch hot er sich statt dessa,
i fand's ebbes vermessa,
vom Herrgott Vergebung ausglieha,
isch zu mir komma ond hot mr verzieha.
Dr Herrgott secht halt: In dubio
macht ma's bei ons heroba so.

Dr ander Kollege indes duat sich schaba,
denn ihm bleibt seither Oberschwaba.
Gott, do hot er ghörig z'sprenga!
I ka a Liedle drvo senga:
Am schlemmsta war's en Biberach,
do hat a jeds mit jedam Krach.
Ganz Biberach ein schwarzes Loch!
Und doch?
Ao do muß was zum loba sei
(auf A'hieb fällt mir zwar nix ei),
sonst wär's net auf am Auftragsblock,
do hemmers; früher Spät-Barock:
Protestanta ond Katholika
kennat mitnander, also laß mr ons blicka.
Doch damit ma se onder Kontrolle hält,
hot ma ganzjährig oin angestellt.
Net erste Wahl, doch durchaus vom Fach,
mir nennat ihn s'Herrgöttle von Biberach.

Von Ravensburg bis Meckabeira
kasch dann dei Sprüchle ronderleira:
Von drauß vom Walde komm ich her ...
I muß eich saga, es fällt mir schwer!
Früher warad ihr alle so fromm,
doch wenn i heit mol zu eich komm,
hängt vor eirer Haustür a Plakat:
*Obstverkauf* stoht drauf, ond parat
henner a Liste mit Sorta ond Preis.
Sicher lob i eiern Fleiß,
doch ich fürcht ond denk: O weh!
Bloß weil i z'Obst vom Bodasee

von eich kaufa soll,
werrad ihr demutsvoll!

An Wasser send ihr ja ziemlich reich;
jedes Gärtle hot sein Teich,
ond gar jeder an oigana Bach.
Aber ihr jammrat ond klagat: Ach!
Hosch koin Hopf,
bisch a armer Tropf!
Doch von Markdorf bis Tettnang
stoht Hopfastang an Hopfastang!
Ond dr Herrgott schenkt gnuag Sonn
bis zur Wei'les nach Kreßbronn.

Guckt mol zufällig vom Himmelstor
s'Christkend nonder aufs Kißlegger Moor,
dann wird's ihm bang,
ond ruft mit heller Stimme an:

Es war einmal ein Paradies,
a Landschaft zum Verlieba,
doch i war's net, der eich verwies,
desmol hend ihr's Paradies vertrieba!

*Die musizierenden Engel rufen den Alb-Niklaus.*

# Niklaus! Niklaus!

Niklaus! Niklaus! Gang aus am Haus!
Niklaus! Niklaus! D'Lichter gant aus!
Mach a weng schneller,
denn alle Teller
schreiat, schreiat: 's isch no nix drauf!

Niklaus! Niklaus! Gang durch da Wald!
Niklaus! Niklaus! Do isch net kalt!
Denn Fuchs ond Häsla
samt ihre Bäsla
schreiat, schreiat: Niklaus komm bald!

*Der Alb-Niklaus winkt die Engel beruhigend ab und erzählt weiter:*

Du i manchmal mit de Heilige plauscha,
werre oft neidisch ond dät gern dauscha.
Zum Beispiel mit am Florian,
gibt's wo a Feuer, ruft ma ihn an.
Bei Hochwasser duat er ao sei Pflicht.
Dr Kilian hilft bei Rheuma ond Gicht.
Dr Leonhard muß Pferdla segna.
De kalt Sophie läßt's kräftig regna.
Dr Bonifaz sorgt für Hopfa ond Malz.
Da Blasius braucht ma bei weham Hals,
bei Husta, ond sein Edikt,
daß koiner an ra Fischgrät verstickt,
wird manchem Gläubiga gewahr,
beim Blasiussega em Februar.
Dr Nepomuk, auf jeder Brück,
sorgt drfür, daß koi oinziges Stück
vom Eigentum klammheimlich verschwendat
daß koiner am andra an Bära aufbendat,
womit er schadat seim guada Ruf.
Ihr sehat, jeder Heilige en seim Beruf
hot a Aufgab von höherem Wert,
die ihn in seiner Eigenschaft ehrt.
Bloß dr Niklaus, oigahändig,
isch fir da Konsum zuständig!

*Die musizierenden Engel erscheinen.
Außer ihren Instrumenten haben sie auch Backwerk bei sich, von dem sie naschen.*

Do kommt scho dr Nochschub vom Engelbeck!
Frische Ausstecherla, süßer Speck,
Lebkucha, Marzipan, Makrona!

*Er probiert die Ausstecherle.*

Guad, manchmal duat mei Job sich lohna!
Ja, ihr Engel sollad senga
ond net allhui en d'Backstub sprenga!
Ihr bresalat rom, verziehat koi Mine.
Essat eire Bretla halt en dr Kantine!
Ond merkat eich, ao himmlische Wesa
benützad drnoch Kehrwisch ond Besa.

Jetzt dent eich auf eier Liedle b'senna
I sott derweil schnell zum Herrgott nauf sprenga.

*Zum Publikum:*

Also – solang dent Engel jetzt senga.

*Der Alb-Niklaus geht ab.*
*Die musizierenden Engel singen und spielen:*

# Hosianna

Hosianna! senga mr von früh bis spät, Hosianna! mit Virtuosität.
Hosianna! Hosianna sowieso, Hosianna! macht ons eba froh.

Hosianna! Hosianna Tag ond Nacht,
Hosianna! Weil's uns Freude macht,
Denn Hosianna senga mr von früh bis spät,
Hosianna! mit Virtuosität.

# 5. Teil

*Der Alb-Niklaus kommt zurück, hantiert mit seinen Geschenken.*

Dr strenge Ernst dr Tannawälder
mahnt uns: Von nun an wird es kälter.
Von Reitlinga her weht a eisiger Wend –
ond weil mr grad bei de Reitlinger send:

's hoißt, will's a Reitlinger zu was brenga,
muß er nach Tübinga nieber sprenga;
a paar Semester lang studiera,
denn d'Akademiker duat ma hofiera,
solang se nix durchnander brengat
ond brav em Chor der Ordnung sengad.

Isch's andersch, bleibsch net unbescholta,
drhoim hot a Prophet no nie ebbes golta;
do bleibt Mißachtung Traditio,
wer was auf sich hält, goht auf ond drvo
ond blickt auf d'Heimat aus dr Fern,
blickt drauf, wie auf an fremda Stern.

Berühmte Köpf hot se gebora!
Berühmte Köpf hot se verlora!

Zum Beispiel onsern Friedrich List:
Nationalökonom, em letschta Jahrhondert,
Eisenbahnpionier ond Publizist,
freilich verfolgt, was niemand wondert.

En Reitlinga stoht heit a Denkmal rom.
Nemm's deine Mitmenscha net kromm!
Sicher, daß se feig warad, stemmt,
daß ihne näher war ihr Hemd

als dr Rock, den du versprocha;
vor dr Regierung send se krocha
ond hend sich von dir abgwandt.
Plötzlich warsch du der Querulant,

Verfasser der Reitlinger Petition
gegen Beamtawillkür, für die Reduktion
des Schreiberwesens, und der Etat
fürs Militär wird gsenkt. Wie wunderbar
läßt sich sowas heit lesa;
domols isch ma halt rückständig gwesa,

hot müssa vor am Kanzleirat kriecha.
Ond die Beamte: alles Siacha,
die gwalttätig en ihre Amtstuba hockat,
de arme Leit a Supp eibrockat,
a Armasupp aus Leid ond Not,
die net roicht fürs täglich Brot!

Des alles isch Historie heit,
aber bloß, weil's solche Leit
wie da Friedrich List hot geba,
sonst dädat ihr heit no wie domols leaba.

I ben zwar net sei Biograph,
doch außer einer Festungsstraf,
des sollad ihr no wissa,
hot er nach Amerika auswandra müssa.

Ond seiner Lebtag isch Verfolgung ihm blieba;
z'letscht hot ma ihn sogar en da Tod neitrieba.

Berühmte Köpf hot se gebora!
Berühmte Köpf hot se verlora!

Wenn i en Ulm ben, om de Leit was zum schenka,
muß i an ihren Berblinger denka,
besser als Schneider von Ulm bekannt;
o'sägliche Spottvers send nach ihm g'nannt:
*Dr Scheider von Ulm hot's Fliega probiert,*
*drom hot'n dr Deifel en d'Donau neigführt ...*

So oder so ähnlich hot ma gsonga,
bloß weil a Polizeidiener ihn hot zwonga,
seinen Versuch ao durchzumführa,
om am König zum imponiera,
der grad do war auf an Bsuch.
Am Berblinger sei Flugversuch,
des wär die Hauptattraktion,
hots g'hoißa, eine Sensation!

Doch dr Wend an dr Adlerbastei,
der zieht de bloß en d'Donau nei,
ond trägt net, wie der am Michelsberg.
So war zerstört dein Lebenswerk,
dein Traum vom Fliega ausgeträumt.

Hörsch, siehsch, wie die Menge schäumt
vor Schadafreude, Wut und Hohn;
warsch grad no der geliebte Sohn
der Stadt ond Stolz der Väter,
so schnell bisch ein Verschmähter.

Warom seid ihr denn net dankbar gwesa
fir Streckgelenk ond Beinprothesa,
die er fir eich hot konstruiert?
Warum habt ihr ihn, so blamiert,
en d'Donau fliega lassa?

Ihn an de Händ zum fassa
ond saga: Kopf hoch, Schneider!
Der Versuch mißlang dr leider,
doch für ons bisch trotzdem wer.
Warom war des fir eich so schwer?!

Domols henner'n tief verletzt;
heit hend ihr ihm a Denkmal gsetzt!

Doch welchen Schluß ziega mr draus?
Wer seiner Zeit so weit voraus,
der isch entweder selber schuld,
oder er braucht a Mordsgeduld!

Berühmte Köpf hot se gebora!
Berühmte Köpf hot se verlora!

En Aala, wie ma mir berichtet,
hot ma em Schubart a Museum eigrichtet.

Poet, Freigeist – ond zügellos
war sei ganz Leaba, aber bloß,
bis ihn dr Herzog Carl Eugen
als Kerkerstrafe, grad für zehn
Johr auf da Hohenasperg sperrt,
weil er bei ma Klavierkonzert
des Instrument verweigert hot
ond en dr Deutscha Chronik Spott-
ond Hohn-Tirada hot ediert.
Bloß weil er sich hot net scheniert,
gradraus zum saga, was er denkt,
hot ma ihm den Kelch eigschenkt.

Guad, er hot den Unmut gschürt,
sogar a Hofdame verführt;
kam domit am Herzog in die Quere,
ond a gekränkta Fürstenehre
könnat bloß Grausamkeita mildra.
I will eich des Gefängnis schildra:
a feichtes, dunkles Rattaloch.
Ja, fir da Schubart duats des doch;
fir oin wie den isch des no z'schade!
So ebbes hoißt ma Fürstengnade.

Zur Abwechslung sott ma so adliga Herra
wie da Carl Eugen auf da Asperg sperra!

Berühmte Köpf hot se gebora!
Berühmte Köpf hot se verlora!

Jedesmol, wenn i en Tübinga bin,
denk i an da Hölderlin.
Sechsadreißig Johr em Turm!
Vorbei war scho sei Lebenssturm.
Alle Liebe vorbei,
alle Hoffnung entzwei,
omnachtet, hoißt's, war sei Geist.
Ond während er still vergreist,
liest manche Tochter, mancher Sohn
die Hymnen; den Hyperion,
ond sucht des Dichters Heimatland,
des er z'letscht en seim Türmle fand;
vor dr Welt versteckt, der er net traut;
drom hot er sei oigana Heimat sich baut.

Berühmte Köpf hot se gebora!
Berühmte Köpf hot se verlora!

Natürlich hot ma oinige g'ehrt,
scho zu Lebzeita, wie sich's khert.
A ganza Reihe heller Köpf,
die i aus dr Erinnrung schöpf:
Uhland, Schwab, Justinus Kerner,
Daimler, Silcher, Gustav Werner,
HAP Grieshaber ond Baptist Straub
und genannt sei mit Verlaub
dr Märchendichter Wilhelm Hauff,
d Isolde Kurz leg i no drauf,

Robert Bosch, Industrieller,
ond, daß z'Baua bißle schneller
goht, hot dr Leube, kurz abonda,
gschwend no da Zement erfonda.

Trotzdem glaubt ma, a Stückle weiter
wärad d'Leit om vieles g'scheiter.
Doch em Vertraua ond ganz ohne Witz
ao auf dr Alb gibt's Geistesblitz.

Ond schlagad die ei, ka's sei, daß se bebt,
oft hemmer's erfahra ond erlebt:
dr Abstand zum Göttlicha wird knapper,
ond sei's bloß om an Hennadapper.

*Die musizierenden Engel erscheinen.*
*Der Alb-Niklaus, naserümpfend:*

Oh, net scho wieder Kyrie,
Hosianna übern grüna Klee!
Frohgesang isch mir jetzt z'wider,
henner net ao traurige Lieder?
Ois mit Abschied beispielsweise,
bevor ich antret meine Reise?
Oder ois, des von Liebe handelt,
wo Glück ond Leid mitnander bandelt?

*Die musizierenden Engel nicken bejahend.*

Also, dann lassat amol höra,
i hör ruhig zu ond dua eich net störa!

*Die musierenden Engel singen und spielen:*

# Es wird scho glei donkel

I denk an mei Schätzle
bei Tag ond bei Nacht
ond schick ihm an Engel
der heut bei ihm wacht.
Der nemmt se am Händle
ond führt se zu mir
ond öffnet em Traum heut
a himmlische Tür.
Noi, noi, noi, noi,
bisch heit net alloi.

Ond gang mr mitnander
durch d'heiliga Nacht
ond sehat am Hemmel
der Sternelein Pracht,
send traurig die Äugla,
dann halt i's net aus
ond ruh mi heut Nacht
en deim Herzale aus.
Noi, noi, noi, noi,
bisch heit net alloi.

# 6. Teil

*Der Alb-Niklaus vor seiner Abreise.*

Was isch des fir a Menschaschlag,
die Stoiner klaubat Tag für Tag
auf ihre »stoireiche« Äcker?
Freilich, es send die Geschmäcker
verschieda –
ond's isch ao net jeder em Ländle blieba,
so manchen hot's nach Amerika
oder d'Donau abwärts trieba.

Oft hot's d'Obrigkeit verschuldet.
De moischte jedoch hend's still erduldet,
des stoinige Leaba, dr tägliche Fron
en Deutschlands wasserärmsta Region.
Hend sich buckt ond hend sich gschonda
ond hend doch ihren Frieda gfonda:
Im schönsten Wiesengrunde,
wo man so manche Stunde
durchs Wiesatal isch ganga,
a Liebschaft a'zumfanga.

Om dann an andrer Stelle,
droba bei dr Kapelle,
sich legt en d'Heimaterde,
daß wieder Staub zu Erde werde.

Rauhe Schale, weicher Kern,
so han i meine Älbler gern!
Ond verläßt oin mol dr Muat,
noch bruddelt er en sich nei:
Dr Herrgott muß wissa, was er duat,
denn sonscht dät's andersch sei!

Ja, dr Älbler isch a knorriger Typ,
koi onödigs Wörtle kommt ihm über d'Lipp.
Muß er trotzdem mol was saga,
ka's sei, es schlägt am auf da Maga

oder aufs Gemüt.
Denn wenn die Alb ao blüht,
bei ihm könnt's sei, 's herbstelet scho,
's könnt sei, es sprengt am d'Sonn drvo!

Aber jetzt isch Wender, ond es schneit,
ond dr Schnee deckt vieles zua.
Er hot a weng was von dr Zeit,
von der ma sagt, daß se Wunda heilt,
ond nach dr Mühsal kommt d'Ruah.

Oje, i spür's, bei mir isch jetzt soweit.
's isch jedesmol so, ond so ao heit,
wie soll i saga, irgendwie scho kausal,
bevor's losgoht, wer i sentimental.

Also, jetzt muß i mi zammareißa,
nix mehr durchanderschmeißa.
Erledigt isch Mähringa,
isch Münsinga, Zähringa.

Bleibat bloß no a baar Seela
lenks ond rechts der Tropfsteinhöhla.

Do kriegt de oi firs Gsangbuch a Däschle
ond von dr Adelheidquelle a Fläschle.
A Eitrittskart fürs Aquadrom
en Urach breng i ihrem Sohn.

Ond dr Vadder, als vielverlachter,
kriegt a Vierdele Haberschlachter
ond a Zigarre, wenn er raucht,
daß jeder hot, was er so braucht,

daß jeder, der auf sein Teller guckt,
dreimol en seine Händ neispuckt
ond spürt sei Herz so sonderbar
ond denkt voll Dank ans letschte Jahr.

Han i dann alle Leit beschenkt,
wird letschtens an oin selber denkt,
ond erfüllt dr oigane Wunsch:
I gieß mr auf an hoißa Punsch!
Ond wenn des erledigt isch,
kommt glei a Grießsupp auf da Tisch.
Drnoch saure Kartoffelrädla,
ond wenn se fleißig warad, d'Mädla,
gibt's hendadrei auszogene Küchla!

*Der Nikolaus stülpt sich die Kapuze über,*
*greift nach dem Hirtenstab.*

Also, i mach jetzt meine Bsüchla,
daß i net z'spät zum Essa komm.
Ond ihr bleibat a Johr lang fromm
oder wenigstens, nemmat's eich vor,
bis zum Geburtstag vom Junior.
So gang i jetzt en des Sauwetter naus.
Herrgott, wenn du wüßtesch, wie i mi graus.

Aber 's wär gscheiter,
ihr sagat's net weiter!
Sonscht werr i am Ende no versetzt,
ond mei Stell wird mit ma Reigschmeckta bsetzt.
I sag mr halt – den Rat geb i gern weiter –:
En jedem Leaba isch's wolkig bis heiter,
ond en dr beschta Supp schwemmt mol a Hoor.
Also, scheene Weihnachta jetzt –
ond a guads nei's Johr!